Brigitte Bee

Lisbeth lässt sich nicht unterkriegen

Geschichten über das Altwerden

mit einem Gemälde von Gertrud Mehrens
Herausgegeben von Michael Liebusch

Bad Orb 2020

Bibliografische Information der Deutschen Bibliothek
Die Deutsche Bibliothek verzeichnet diese Publikation in der
Deutschen Nationalbibliografie; detaillierte bibliografische
Daten sind im Internet über http://dnb.ddb.de abrufbar.

Satz und Layout: Michael Liebusch
Lektorat und Mitarbeit: Michael Liebusch
www.kunstraum-liebusch.de
Einbandbild: „I am sailing" von Gertrud Mehrens,
Hamburg 2017, 100cm x 100cm, Acryl auf Leinwand
Herstellung und Verlag: BoD - Books on Demand,
Norderstedt
ISBN: 9783752661965

*Wenn Du einen grünen Zweig
in Deinem Herzen trägst,
wird sich ein singender Vogel
darauf niederlassen.*

Chinesische Weisheit

„I am sailing", Gertrud Mehrens 2017

Wie aus dem Ei gepellt

Lisbeth sieht ja aus, wie aus dem Ei gepellt. Es ist doch heute gar nichts los. Nicht mal Sonntag ist es. Was will sie denn da mit dem schicken Kostüm und dem feschen Hut? Etwa den Garten umgraben?
Lisbeth hat Gründe. Aber von solchen Dingen verstehen die meisten Leute nichts.

In Kur

Lisbeth hat sich halt mal eine Kur gegönnt. Sie braucht dringend mal wieder Luftveränderung. Auf anderes Klima reagiert sie gut. Man sieht mal ein paar neue Gesichter, ein bisschen Natur und schon schaut die Welt ganz anders aus.

Gut untergebracht ist sie, im Einzelzimmer mit Telefon. Schöner Blick auf den Wald. Herrliche Ruhe. Das Essen ist gut und reichlich, dagegen kann man wirklich nichts sagen. Viel Salat, na Vitamine eben, Früchte, Säfte und selten Fleisch. Morgens der Heusack, die Kneippschen Güsse, Wassertreten, Massage und Schwimmen im Thermalbad. Jeden Tag volles Programm. Mittags erstmal ausruhen, dann spazieren gehen, kräftig ausschreiten natürlich, nicht so herumbummeln, wie das an sich die Omas tun.

Abends ist sie froh, wenn das Essen rum ist. Da braucht sie keinen Fernseher oder sonstige Unterhaltung, da will sie sich zurückziehen. Und mit dem Lesen vorm Einschlafen ist's auch nichts, weil ihr sofort die Augen zufallen, wenn sie sich bloß hinlegt.

So eine Kur ist schon ganz schön anstrengend, aber was nimmt man für die Gesundheit nicht alles auf sich.

Kalt wie ein Frosch

Jetzt ist sie mal zur Kur und dann ist sie gleich kalt wie ein Frosch und hundemüde. Dabei hat sie doch den ganzen Tag nichts geschafft. Nur in der Therme geschwommen, Gymnastik gemacht, sich massieren lassen und spazieren gegangen. Nichts geschafft, kalt wie ein Frosch und hundemüde und so was soll dann auch noch gesund sein.

Verjüngungskuren

Von solchen Verjüngungskuren hält Lisbeth gar nichts. Was das kostet und was man da schon alles gehört hat. Zum Beispiel von der Frau Krause. Na, das war ein Ding. Sieben Anwendungen kriegte die am Tag und dann noch Diät und Pillen gegen Blutdruck, Wasser, Cholesterin, Zucker und Durchblutungsstörungen. Dann gab es Spritzen aus Kälbermilz und das alles sechs Wochen lang. Und, was war? Eine Woche nachdem Frau Krause wieder daheim war, ist sie plötzlich umgefallen und war tot. Da war die ganze Verjüngung umsonst.

Hochzeit

Lisbeth braucht unbedingt mal wieder was Gutes zum Anziehen. Zu so einer Hochzeit kann man schließlich nicht mit seinen alten Klamotten gehen. Da sind doch alle aufs Feinste in Schale geschmissen. Da muss Lisbeth auch was Entsprechendes haben. Fein, aber dezent. Nicht zu auffällig, nicht zu stark gemustert, nicht zu bunt, sonst sieht man ja aus, wie ein Papagei. Wichtig ist, dass es knitterfrei ist, wenn man von mittags bis abends bei so einer Hochzeit rumsitzt. Wenn's auch noch waschmaschinenfest und bügelfrei wäre, wäre es noch besser. Auf alle Fälle pflegeleicht, aber doch ein bisschen was Besonderes. Etwas, was nicht jede hat. Sie will ja schließlich nicht auf so einer Hochzeit ihrem eigenen Kleid noch mal begegnen.

Außerdem sollte es schon so sein, dass man es auch mal zu anderen Anlässen anziehen kann. Das hat ja keinen Sinn, soviel Geld auszugeben und es dann bloß einmal anzuziehen und dann hängt es ewig im Schrank rum.

Ja, und natürlich braucht sie dann auch noch ein paar passende Schuhe. Was ein Problem! Die sollen chic sein und bequem, man muss darin ja schließlich ein paar Schritte laufen können und vielleicht möchte man ja doch noch mal ein kleines Tänzchen wagen.

Oh je, das mit der Anzieherei, das macht einem wirklich ganz konfus. Am liebsten würde man gar nicht zu dieser Hochzeit gehen, wenn man an die ganze Einkauferei denkt.

Tanzmaus

Lisbeth ist ja nun nicht mehr die Jüngste, aber sie ist immer noch für jeden Jux zu haben. Sie war immer schon ne Tanzmaus und wenn heute irgendwo ne Kapelle spielt, dann kribbelt's ihr in den Beinen. Da kommt es schon vor, dass sie sich ohne großes Federlesen einen Kavalier schnappt und mit ihm ein paar Runden aufs Parkett legt. Natürlich geht das lange nicht mehr so gut wie früher, aber wenn die Kapelle einen langsamen Walzer spielt, dann tun Lisbeths Beine einfach so, als ob sie wieder siebzehn wären.

Die erste Falte

Ausgerechnet kurz vorm Achtzigsten, stöhnt sie. Noch nicht mal Achtzig und die erste Falte. Man könnte direkt meinen, dass man alt wird.

Lisbeth lacht

Lisbeth lacht, wenn die Sonne scheint. Sie lacht, wenn die Vögel singen. Sie lacht, weil die Rosen so herrlich duften und weil es dieses Jahr schon wieder so viele Disteln gibt. Sie lacht, solange es keinen Grund zum Weinen gibt, denn Lisbeth weiß eines ganz genau: „Lachen ist gesund!"

Immer auf Achse

Lisbeth ist immer auf Achse. Man muss in Bewegung bleiben, das hält jung. Wer rastet, der rostet und im Bett sterben schließlich die meisten Leut.

Außerdem will man ja niemandem zur Last fallen, man käme sich ja vor, als wäre man zu nichts mehr nütze.

Natürlich kann man das Brot und die Butter immer noch selbst einkaufen und auch die paar Sachen aus dem Supermarkt.

Sie fährt mit dem Rad und fährt halt zweimal, wenn sie es auf einmal nicht schafft. Und das bisschen Regen, da fährt sie einfach drunter durch.

Man muss doch auch ab und zu mal zum Friseur, zur Fußpflege oder zum Doktor, da kann man doch auch keinen andern hinschicken. Und wenn sie dahinfährt, kann sie doch auch gleich auf die Post, auf die Bank und in die Apotheke gehen. Ja, und wer soll denn immer mal auf dem Friedhof nach den Gräbern gucken? Hat doch sonst keiner Zeit in unserer Zeit. Oder wer soll denn ab und zu mal die alten Leute besuchen, die nicht mehr so können. Wenn man's nicht selbst macht, wer soll's denn machen?

Zwischendurch kann man sich ja ruhig auch mal zehn Minuten aufs Sofa legen, Beine hoch, höher, als der Kopf, das ist gut für die Krampfadern und fürs Gehirn. Aber im Garten, beim Rumwühlen in der Erde, da kann sich Lisbeth am Allerbesten erholen.

Bereit

Sie ist jederzeit bereit. Wenn der liebe Gott es so will. Aber bitte doch nicht unbedingt gleich, lieber Gott, bitte lieber morgen, als heut.

Der Dreizehnte

Sie ist ja nicht abergläubisch, aber vor dem Dreizehnten hat sie regelrecht Regatt. Am Dreizehnten ist damals die Großmutter gestorben und der Onkel August ist am Dreizehnten im ersten Weltkrieg gefallen. Die Großmutter ist, als sie mit der Martha im sechsten Monat war, so schwer gestürzt, dass sie nur noch am Stock gehen konnte. Ihr Bruder, der Alfred, hat an einem Dreizehnten sein ganzes gespartes Geld an einen Betrüger verloren, weil der das mit dem Dreizehnten nie hat glauben wollen. Und die Ida, die Cousine, die ist sogar zweimal an einem Dreizehnten mit dem Fahrrad verunglückt. Was einem selbst so alles am Dreizehnten passiert ist, darüber denkt man besser gar nicht erst nach. Jedenfalls ist sie schon jetzt ganz nervös, weil morgen Freitag der Dreizehnte ist.

Mitgemacht

Was hat man nicht alles schon erlebt. Man hat einiges mitgemacht. Das kann man gar nicht erzählen, das würde einem doch keiner glauben. Sie hat sich immer gesagt: Augen zu und durch! Schließlich muss es ja irgendwie weitergehen. Und immer, wenn's kaum auszuhalten war, da kam es noch dicker. Da gab es kein Mitleid. Da war keiner da, der mal geholfen hat. Da gab es nur: Zähne zusammenbeißen und den Humor nicht verlieren. Aber man soll es eigentlich gar nicht erzählen, es wird einem ja doch keiner glauben.

Lisbeth hilft, wo sie kann

Sie hilft der Schwiegertochter beim Putzen.
Sie hilft auch der Frieda, die Hecke zu stutzen.
Sie backt mal für die Frau Schmidt einen Kuchen.
Sie geht regelmäßig die alten Leute besuchen.
Sie kauft was für die Frau Müller ein.
Sie will so gern, das sich alle freu´n.
Sie scheut dabei weder Mühe noch Kosten.
Sie will nicht, dass ihr die Knie einrosten.
Sie würde am liebsten überall sein.
Lisbeth ist eben nicht gern allein.

Der Schwarz

Wenn der Schwarz heute käm, bei dem schönen Wetter, da tät sie ihn glatt wieder fortschicken. Da tät sie sich nicht holen lassen, vom Schwarz. Nicht an so einem Tag, wo man heute doch so schön die Gartenarbeit machen kann.

Sie meint es doch nur gut

Sie meint es doch nur gut. Sie macht sich halt so ihre Gedanken. Wenn sie das manchmal mit ansieht, was die andern so machen. Sie hat ja schließlich so ihre Erfahrungen, sie weiß ja, wie so was ausgeht. Sie denkt immer wieder, sie könnte das Schlimmste verhindern. Sie sieht es kommen, aber sie hält am besten ihren Mund. Es nutzt ja auch nichts, wenn sie was sagt. Die andern glauben es ihr sowieso nicht. Man sollte sich besser nicht in anderer Leute Angelegenheiten einmischen. Sie meint es doch nur gut. Aber es glaubt ihr ja keiner.

Wenn man allein ist

Manchmal ist das schlimm mit dem Alleinsein. Da könnte sie den ganzen Tag weinen, aber die Welt dreht sich weiter und deshalb hat es doch keinen Sinn, wenn sie sich aufgibt. Sie muss einfach was tun, solange sie noch rüstig ist. Die andern sind ja schon fast alle tot. Nur sie ist übrig geblieben. Aber es hat ja auch keinen Sinn, sich selbst die ganze Zeit zu bedauern. Man muss eben was tun, damit man nicht ins Grübeln kommt. Sie kann natürlich nicht bloß den ganzen Tag spazieren gehen oder Kaffeetrinken. Man könnte ja stricken, oder nähen. Das Musterstricken zum Beispiel, das trainiert den Geist, da muss man genau aufpassen und die Maschen zählen. Wenn man so allein ist, muss man halt immer was tun, sonst kommt man auf dumme Gedanken. So, jetzt geht sie erstmal wieder eine Stunde spazieren, dann ruht sie sich aus, dann telefoniert sie mal ein bisschen, dann gibt´s Abendbrot und dann ist schon wieder ein Tag um.

Am Sonntag

Am Sonntag, da hat sie doch gedacht, es käm Besuch.
Da hat sie gewartet, hat aber die Klingel nicht gehört. Dann ist sie raus und ist zweimal ums Haus gelaufen. Dann hat sie eine Weile an der Haustür gewartet, dann ist sie noch mal ums Haus rum. Dann hat sie wieder an der Haustür gewartet. Na, und dann ist sie noch mal hoch in die Wohnung, aber da war niemand. Sie ist wieder runter, aber da war auch niemand. Dann hat sie eine Weile am Hoftor gewartet. Dann ist sie wieder rein und hat gewartet und gewartet, aber es ist niemand gekommen.

Prophylaktisch

Wenn man nicht mehr so gut sieht, sagen die Leute, man sei arrogant, weil man sie auf der Straße nicht erkennt. Deshalb hat Lisbeth sich angewöhnt, prophylaktisch jeden zu grüßen. Dann aber wundern sie sich wieder, warum Lisbeth wildfremde Leute so freundlich grüßt. Am besten man fährt mit dem Rad und tut so, als ob man überhaupt niemanden sieht, weil man´s ja so furchtbar eilig hat.

Dunkel

Sie hat es nicht mehr gerne, wenn es dunkel ist. Im Dunkeln findet sie sich schlecht zurecht. Das Dunkle, das macht die Nacht so lang, und sie kommt ins Nachdenken, sie grübelt und grübelt und sie denkt manchmal, dass es überhaupt nie wieder hell werden wird. Lisbeth wünscht sich manchmal, dass die Sonne Tag und Nacht scheinen könnte, aber in solchen Dingen wird man ja nicht nach seiner Meinung gefragt.

Falsch verbunden

Lisbeth ist falsch verbunden? Ob sie wohl stört? Sie würde zu gern wissen, wo die falsche Verbindung wohnt. Vielleicht wäre es ja viel netter, mit der falschen Verbindung verbunden zu sein, als mit der Richtigen. Wie schade, dass die Leute für was Falsches nie Zeit haben.

Das Portemonnaie

Oh je, wieder mal ist das Portemonnaie verschwunden. Wo hat sie es bloß hin? Es muss doch hier irgendwo sein. Sie könnte es doch grade greifen. Ei, ei, ei und jetzt macht auch noch der Laden gleich zu. Sie holt einen Hunderter aus dem Schreibtisch und steckt ihn in die Einkaufstasche. Es muss halt heute mal ohne Portemonnaie gehen. An der Laden-kasse erzählt sie der Kassiererin von ihrem Pech. Sie greift in die Einkaufstasche und da ist es ja, das Portemonnaie. Aber jetzt ist der Hunderter auf einmal weg.

Keine Zeit

Lisbeth rennt. Sie hat ja so viel zu tun. Jedes Jahr hat sie mehr Termine. Nein, nein, sie hat wirklich keine Zeit für den Tod.

Peng

Sie sieht nicht mehr so gut, aber sie rennt. Drum fällt sie auch die Treppe runter. Eins, zwei, drei Stufen. Peng! Sie steht schnell wieder auf. Sie sagt niemandem was, aber sie hat Schmerzen. Sie ist eben tapfer. Sie rennt weiter, wenn's auch weh tut. Keiner soll ihr sagen: „Was machst du aber auch! Du musst schauen, nicht rennen, nicht fallen."

Was soll man bloß machen

Was soll man bloß machen, wenn so ein Fuß so weh tut? Soll sie Eis drauf tun oder Salzwasser? Sie könnte auch Schwedenkräuter drauf tun oder Arnika oder Heparinsalbe. Sie könnte den Fuß hochlegen oder drauf rum laufen oder einen Verband drum machen oder einen Stützstrumpf anziehen.

Vielleicht sollte besser mal ein Gips drum. Vielleicht ist der Fuß ja gebrochen. Sie sollte ihn vielleicht röntgen lassen. Vielleicht bei Dr. Albrecht, der hatte das Knie von Frau Müller so gut geröntgt. Oder zu Dr. Winter, der röntgte so gut den Kopf von Frau Schmidt. Oder zu Dr. Schulze, der soll ganz neue Apparate haben oder zu Dr. Kluge, der ist ganz jung, und wie man hört, auch recht nett und dazu noch unverheiratet. Also wirklich, man kommt ganz durcheinander. Bloß ein dicker schmerzender Fuß und man soll so viel entscheiden.

Der lange Zopf

Der neue Doktor ist gut. Man kann nichts gegen ihn sagen. Er untersucht eigentlich überhaupt nicht. Er lässt sich nur erzählen und macht sich Notizen. Dann stellt er kleine Kügelchen her, die man einnehmen muss. Jeden Tag eine und nach einer Woche ist alles weg.
Er ist auch nicht mal besonders teuer. Eigentlich könnte man sich's leisten immer hinzugehen, wenn man Beschwerden hat. Gut ist er, wirklich, aber er hat so einen komischen langen Zopf.

Tabletten gegen alles

Jetzt holt sie sich erst mal die Tabletten gegen alles. Da gibt's in der Apotheke eine Großpackung, fünfhundert Stück im Sonderangebot. Was tut man nicht alles für die Gesundheit. Lisbeth nimmt die Tabletten gegen alles und fühlt sich nicht so gut. Das bedeutet nichts, redet sie sich ein. Sie nimmt weiter die Tabletten. Nach ein paar Tagen fühlt sie sich richtig krank. Das wird schon besser werden, wenn sie nur genug davon genommen hat. Man kann ja die Tabletten nicht einfach wegwerfen. Die müssen halt genommen werden. Irgendwann ist dann die große Packung leer und Lisbeth ist ganz schön froh, dass sie die Tabletten gegen alles überlebt hat.

Über den Schatten springen

„Es ist schwer, über seinen Schatten zu springen", sagt Lisbeth, „besonders, wenn man einen großen Schatten hat. Aber noch viel schwerer ist es, wenn man gar keinen Schatten hat."

Nicht mehr die Jüngste

Man ist ja nun auch nicht mehr die Jüngste. Da hat man halt mal hier was, mal da was, da meldet sich mal das Ischias, mal der große Zeh. Aber Lisbeth hat so ihre Mittelchen.

Dem Doktor darf man allerdings nichts verraten, der sagt sowieso bloß: „Das hilft nichts, das ist bloß Einbildung." Oder: „Nicht so viele Sachen durcheinander nehmen."

Aber sie muss doch irgendwie fit bleiben, so was versteht ein Doktor einfach nicht. Sie hat doch keine Zeit, zuhause tagelang rum zu sitzen und zu warten, bis so ein Wehwehchen heilt. Sie ist ja schließlich nicht mehr die Jüngste, da muss man seine Zeit gut einteilen. Da kann man nicht warten, bis dem Doktor mal was Richtiges einfällt.

Am besten nimmt man gleich von allem ein bisschen, was einem irgendwann mal gut getan hat. Da kann man vorbeugen und wenn man wirklich mal wieder ein Wehwehchen hat, ist sicher auch was dabei, was dagegen hilft.

Wenn man alt ist

Wenn man alt ist, sagen die Leute, soll man zuhause bleiben.
Man soll nicht mehr Rad fahren, nicht mehr soviel essen, keinen roten Hut aufsetzen und keine kurzen Röcke tragen.
Man soll nicht mehr tanzen, man soll auch nicht mehr laut singen.
Wenn man alt ist und nix mehr macht und immer nur zuhause rumsitzt, braucht man sich nicht zu wundern, wenn einem die Decke auf den Kopf fällt.
„Aber denen, die nicht dauernd drunter sitzen", sagt Lisbeth, „denen ist mit Sicherheit noch nie eine Decke auf den Kopf gefallen."

Wetter

Bei so einem Wetter muss Lisbeth langsam tun! Da darf man sich nicht so aufregen und vor allem nicht rumrennen.

Da muss man sich eigentlich ab und zu mal hinsetzen und ausruhen, sonst wird's einem schwarz vor den Augen und man fällt schließlich noch hin. Da kann man sich den Kopf aufschlagen, und muss vielleicht noch ins Krankenhaus.

Na, und das wär ja nun wirklich eine Aufregung, die man grade bei so einem Wetter überhaupt nicht gebrauchen kann.

Das Gedächtnis

Lisbeth muss unbedingt etwas fürs Gedächtnis tun. Nicht, dass sie wirklich vergesslich wäre, aber sie ist in so einem Alter, wo man manchmal die Brille einfach nicht finden kann. Da wird's Zeit, dass man mit dem Vorbeugen beginnt. Sonst machen sich schließlich die Leute noch lustig über ihre Vergesslichkeit. Also, nicht vergessen, ab morgen dringend was fürs Gedächtnis tun.

Namen

In letzter Zeit hat sie wirklich Probleme mit den Namen. Manchmal wirft sie alles durcheinander. Da sagt sie zur Frau Müller, mal Frau Schmidt und ob die Nora die Isabelle oder die Katharina ist, das weiß sie halt so plötzlich auch nicht unbedingt.

Den Doktor nennt sie sowieso nur Herr Doktor, da kann man nichts falsch machen. Die Katzen nennt sie alle Munzi, darauf hören die immer.

Aber wie um alles in der Welt soll sie sich merken, dass der Latscha nicht mehr der HL, sondern der Tengelmann ist und der Schade jetzt auf einmal der Penny, der Rewe, der R-Kauf oder der Minimal.

Bloß der Aldi, der ist und bleibt der Aldi, da kann sie sicher sein, so sicher, wie beim Aldi das meiste ein bisschen billiger ist als anderswo, auch wenn sie die Preise da ziemlich schlecht lesen kann. Beim Aldi trifft sie immer viele alte Bekannte, aber manchmal wagt sie gar nicht, die zu grüßen, weil sie sich grad an den Namen nicht erinnern kann.

Mississippi

Einmal war sie auf dem Mississippi. Sie ist mit einem Rad-
dampfer gefahren und hat ganz viele Postkarten gekauft.
Und auf dem Mississippi hat sie geschrieben an all ihre
Lieben: Hurra, ich fahre auf dem Mississippi! Da war ich
vorher wirklich noch nie. Und wenn ich 90 werde, fahr ich zu
den Niagaras, damit das klar ist.

Rückfahrkarten

Früher hat Lisbeth immer gleich eine Rückfahrkarte genommen, wenn sie die Kinder besucht hat. Aber jetzt löst sie lieber bloß noch Hamburg einfach. Man weiß ja nie, was einem so passiert. Und dann hätte man womöglich ganz unnötig das Geld für eine Rückfahrkarte ausgegeben.

Verreisen

An was sie aber auch alles denken muss, wenn sie bloß mal ein paar Tage verreisen will. Vor allem darf sie den Schlüssel nicht vergessen. Und dann muss sie aufpassen, dass das Gas abgedreht ist und auch der Wasserhahn.

Auch die Fenster müssen zugemacht werden, falls es mal ein Gewitter gibt, und deshalb muss auch der Fernseher natürlich aus der Steckdose raus. Dann müssen die Blumen noch mal richtig gegossen werden und der Zulauf für die Waschmaschine sollte auch zugedreht sein. Sie muss außerdem der Nachbarin Bescheid sagen, dass jemand die Zeitung in Empfang nimmt und die Post aus dem Briefkasten holt. Gut wäre es ja, wenn der Nachbar jeden Abend die Rollläden runter- und morgens wieder hochziehen würde, damit die Einbrecher nicht denken, es wäre niemand da.

Wenn sie darüber nachdenkt, dass ja auch der Koffer noch nicht gepackt ist, und dass sie überhaupt noch nicht weiß, was sie zum Anziehen mitnehmen soll, da könnte ihr doch glatt die Lust am Verreisen vergehen.

Der andere Zug

Sie will auf keinen Fall mit diesem Zug verreisen, der letzte Woche verunglückt ist.

Der Mann am Fahrkartenschalter kann ihr das aber nicht versprechen. Sie könnte ja auch einen ganz anderen Zug nehmen, aber versprechen kann er ja auch nicht, dass der andere Zug nicht verunglückt. So ein Unglück, wie soll man denn da verreisen wollen, wenn man keine Fahrkarte kriegt für einen Zug, der nicht verunglückt.

Der große Koffer

Vielleicht nimmt sie doch lieber den großen Koffer. Es müssen ja auch noch die Nüsse rein, vom Nussbaum hinterm Haus, die essen die Enkelchen doch so gern. Dann müssen die Zuckerbirnchen rein, so was gibt's ja nirgends mehr zu kaufen. Das wird eine Überraschung! Jetzt hat der Koffer schon ein ganz schönes Gewicht, aber es ist noch eine Menge Platz für den Endiviensalat. Zehn Köpfe, selbst gezogen, ohne Chemie, das ist was für die Kinder, so was kriegen die sonst nicht. Und fünfmal Pflaumenmus und Apfelgelee. Jetzt ist es aber gut, das reicht. Sonst braucht Lisbeth eigentlich nichts. Sie ist schließlich in dem Alter, wo man nichts mehr braucht. Da ist man froh, dass man überhaupt noch da ist.

Der alte Hut

Der alte Hut tut's doch noch. Nicht dass sie sich keinen neuen leisten könnte, aber mit dem alten, weiß man, was man hat. Warum soll man sich auch ständig was Neues kaufen. Es ist doch ein angenehmer Hut. Und er hat inzwischen so was Besonderes. Sollen die Leute doch denken, was sie wollen. Es geht nichts über einen schönen alten Hut.

Zu spät

Lisbeth steht am Postschalter. Sie ist heute etwas spät.
„Schluss", sagt der Beamte, „es ist Feierabend. Sie müssen
morgen wiederkommen. Sie sind zu spät!"
„Es ist zum verrückt werden", sagt Lisbeth, „da wird man bald
80 Jahre und soll morgen wieder kommen. Sollen die andern
doch erstmal 80 werden und dann morgen wiederkommen!"

Zum Friseur

Lisbeth muss dringend zum Friseur. Wie sie wieder aussieht. Sie kann ja fast nicht mehr aus den Augen gucken. So ein Gezottel. Sie hat ja einen richtigen Mopp auf dem Kopf. Na wirklich, so was Scheußliches, man traut sich ja nicht mehr auf die Straße. Was sollen bloß die Leute denken. Nein, nein, auch wenn´s dem Portemonnaie so richtig weh tut, da muss mal eine Radikalkur gemacht werden Da muss endlich wieder Fasson rein. Ein flotter Schnitt und eine richtige Dauerwelle, noch eine kleine Tönung gegen dieses hässlich dreckige Grau und schon macht man doch wieder ein bisschen was her. Schließlich will sie am Samstag ins Konzert, da muss sie doch wenigstens einen ordentlichen Kopf haben.

Die schöne Frisur

Lisbeth kann sich doch jetzt nicht hinlegen. Die schöne Frisur. Da ist doch gleich wieder alles futsch. Die ganze Tortur beim Friseur war ja dann umsonst. Und dazu noch so viel Geld ausgegeben. Mit so einer Frisur müsste man eigentlich heute schon mal ins Theater gegangen sein. Wie kann man sich da gleich wieder ins Bett legen.

80. Geburtstag

Was eine Aufregung! Die halbe Nacht liegt sie wach im Bett. Da nutzt kein Baldrian, da hilft kein Schlaftee, da kann sie ein Glas Milch trinken und ein Butterbrot essen, es hilft nichts. Da kann sie sich den Hals mit Johanniskrautöl einreiben, ein warmes Bad nehmen oder ein kaltes Bier trinken. Es hilft alles nichts. Sie sitzt kerzengrade im Bett, bis morgens um vier. Lisbeth kann ja nicht noch ein Valium einnehmen. Schließlich muss sie doch morgen früh ausgeschlafen sein. Sie hat ja schließlich nur einmal einen 80. Geburtstag.

Nebel

Lisbeth hat Geburtstag und draußen ist Nebel. Noch nie hat Lisbeth am Geburtstag Nebel gehabt. Achtzig Jahre und kein Nebel. Sonne, Regen, auch mal Schnee, aber kein Nebel. Was hat man nur schon alles erlebt: Beerdigungen, Hochzeiten, Kindstaufen, Krieg, kein Geld, den ersten Mann verloren, den zweiten Mann verloren, das Töchterchen großgezogen, vier Enkelchen gekriegt. Nicht zu glauben, was man in so einem Leben alles erlebt hat. Aber Nebel, an ihrem Geburtstag, das hat´s noch nicht gegeben.

Geburtstagsgeschenke

Zwanzig Pfund Kaffee, vakuumverpackt und entkoffeiniert, das reicht eine Weile für den Rommee-Nachmittag. Zwölf Stück parfümierte Seife, na wirklich, als ob man ein Dreckschwein wär. Zweimal Frauengold, und das in ihrem Alter. Einmal Biovital, zweimal Buerlecithin, dreimal Doppelherz, viermal Melissengeist – man weiß ja, wofür's gut ist, aber ob es was nutzt?

Zwei große Frotteetücher für die Kur. Fünfundzwanzig Piccolöchen – als ob man eine Säuferin wär. „Für deinen Kreislauf, Lisbeth!" haben die Leute gesagt. Fünf wunderhübsche Orchideengestecke, achtmal Topfblumen – wo soll sie das nur alles hinstellen? Eine große Ananas, zwei große Fresskörbe vom Gesangsverein und von den Landfrauen – da ist viel drin, was man wieder gut weiterverschenken kann.

Na ja, und dann noch ein Fotoalbum, ein Seidentuch, ein paar Bücher und Schallplatten. Das wär ja nun wirklich nicht nötig gewesen. So viele Geschenke. Man könnte ja meinen, man wär eine bedeutende Persönlichkeit.

Dabei ist Lisbeth bloß 80 geworden. Das ist doch schließlich nicht ihr Verdienst.

Schonen

Lisbeth soll sich schonen. Das Herz macht nicht mehr so mit. Sie soll sich nicht übernehmen. Aber was gibt´s dann mit den Flusen überall in den Ecken? Und die schmutzigen Fenster, und die Gardinen, die sind doch auch längst reif für die Waschmaschine! Hinterm Gasherd muss auch unbedingt mal der Dreck weggeputzt werden und die Treppe braucht unbedingt wieder Wachs. Die Betten müssen dringend frisch bezogen werden und die Teppiche müssen mal an die Luft. Der Doktor macht sich´s leicht, der sagt einfach, die Lisbeth soll sich schonen!

Zuerst

Zuerst waren es die Augen. Da sagt sie sich, na gut, kann ich nicht gut sehen, so kann ich doch hören. Dann kriegt sie das neue Hörgerät, das legt sie in die Nachttischschublade. Was soll's, dann wird sie halt ein bisschen mehr umher gehen, da kommt sie wenigstens an die Luft. Was macht es da, das sie nicht so gut sieht und nicht alles hört. Und wenn das Laufen nicht mehr so geht, dann kann sie doch immer noch sprechen. Sie kann den Leuten was erzählen, was sie in ihrem langen Leben so erlebt hat. Und wenn niemand mehr da ist, dem sie was erzählen kann, dann erzählt sie sich die Geschichten halt selbst. Da gibt's doch gelegentlich auch mal was zu lachen.

Der Doktor hat gesagt

Der Doktor hat gesagt, sie soll aufpassen wegen dem Zucker. Mit dem Essen soll sie halt aufpassen und regelmäßig den Zucker messen. Dabei isst sie doch für ihr Leben gern Süßes. Da muss sie halt hinterher den Zucker prüfen. Ui, ist der dann aber hoch. Also darf sie halt heute mal keinen Kuchen mehr essen, weil sie nämlich morgen wieder zum Doktor muss.

Keinen Zucker

Lisbeth soll nun keinen Zucker mehr essen. Zucker macht krank, hat der Doktor gesagt. Na, Gott sei Dank, dass sie eigentlich nie Zucker isst. Außer zwei, dreimal in der Woche ein kleines Stückchen Torte und abends, beim Fernsehen, mal ein paar Pralinchen oder ein, zwei Riegelchen Schokolade. Na, das ist ja nun wirklich eigentlich gar nichts, verglichen mit dem, was andere so an Zucker in sich reinstopfen.

Auf einmal kümmern sich alle

„Auf einmal kümmern sich alle so rührend um die Frau Schmidt", erzählt Lisbeth, „alle wollen sie bei sich haben. Sie holen ihr das Brot und backen ihr einen Kuchen. Sie fahren mit ihr zum Friedhof und zur Gärtnerei. Alle wollen, dass sie sich freut, und sie ist jetzt gar nicht mehr so allein. Die Frau Schmidt fühlt sich so pudelwohl. Warum sollte sie denn jetzt schon entscheiden, wer irgendwann mal das Haus erbt."

Es ist was

Der Doktor sagt: Es ist was. Sie müsse sich untersuchen lassen. Sie müsse ins Krankenhaus. Aber sie spürt doch gar nichts, also ist sie doch gesund.

Der Doktor meint, es sei vielleicht ein Stein, oder eine Zyste, eine Geschwulst oder eine Verengung. Wahrscheinlich auch zuwenig von dem, und von dem anderen zuviel. Dabei spürt sie doch gar nichts.

Sie spürt nichts, also ist sie doch gesund, also braucht sie nicht so eine Untersuchung, und schon gar kein Krankenhaus.

Sie geht in kein Krankenhaus, da war sie ihr ganzes Leben noch nicht, da geht sie auch jetzt nicht hin, bloß weil der Doktor sagt, dass man sich untersuchen lassen muss.

Lisbeth hat sich doch immer gut gefühlt. Sie hat doch gar nichts gespürt. Aber irgendwie denkt sie jetzt immerzu: Ich hab was.

Allein

Und auf einmal ist sie ganz allein. Da kann sie rufen und rufen. Sie ist allein und niemand kann sie hören. Sie liegt da, kann sich nicht mehr bewegen, schafft es nicht mal bis zum Telefon. Und sie weiß, dass die Nacht noch lang ist und dass sie keiner hören wird. Da kann sie noch so laut rufen. Sie liegt auf dem Boden, es ist kalt und sie kann sich nicht rühren. Wie soll sie da die Hoffnung nicht verlieren. Wieso ist aber auch ausgerechnet niemand da, wenn man mal jemanden braucht.

Nicht ins Krankenhaus

Nein, sie will nicht. Nein, sie geht nicht ins Krankenhaus. Sie will zuhause bleiben. Zuhause kennt sie sich aus, da weiß sie, wo der Kaffee steht und auch die Marmelade. Da findet sie selbst im Dunkeln den Weg zur Toilette oder ins Bad. Zuhause kann sie sich wenigstens nicht verlaufen. Zuhause kann sie essen und trinken, wann sie will, sie kann schlafen, wann sie will und sie kann sterben wann und wie sie will. Wer weiß, ob man aus so einem Krankenhaus je wieder raus-kommt.

„Wenn du krank bist", sagt Lisbeth zum Doktor, „hüte dich vor dem Doktor! Das ist eine chinesische Weisheit!"

Handstand

Lisbeth will nicht krank auf dem Rücken liegen. Sie will sich nicht vor Schmerzen biegen. Nein, sie will keine Spritzen kriegen.
Sie will daheim einen Handstand machen. Sie will im Garten mit der Sonne lachen. Sie will jetzt spazieren gehen, draußen im Park, ach, wär das schön.

Lisbeth zittert

Lisbeth zittert so komisch. Irgendwie lässt sie aber auch alles fallen. Kann sie denn nicht ein bisschen aufpassen? Schon wieder eine Tasse kaputt. Die schöne Tasse. Da! Jetzt hat sie auch noch die Kaffeekanne umgestoßen. Also wirklich! Die schöne neue Tischdecke! Was ist bloß mit ihr los? „Oh je", stöhnt Lisbeth, „das ist aber seltsam, heute fällt mir alles runter."

Lisbeth will nicht

Lisbeth will nicht auf den Fuß treten. Sie will nachhause.
Sie will nicht diese Gymnastik machen. Sie will nachhause.
Sie will schon gar nicht in so einem Gestell laufen. Sie will nachhause.
Sie will diesen Fraß hier nicht essen. Sie will nachhause.
Sie will nicht, dass alle Oma zu ihr sagen. Sie will hier nicht umgebracht werden. Sie wird jetzt nicht auf den Fuß treten, aber sie will nachhause.

Keine Suppe

Sie hat heute Mittag nichts zu essen gekriegt. Sie hat keine Suppe bekommen. Sie war doch heute beim Friseur, wie soll sie denn da eine Suppe bekommen haben? Doch wohl nicht beim Friseur! Ja, und wenn sie erst nach dem Mittagessen beim Friseur war, warum hat sie dann keine Suppe gekriegt? Nein, sie hat keine Suppe bekommen. Wie denn auch, sie war doch beim Friseur.

Keinen Stock

Also wirklich, sie braucht doch keinen Stock. Sie ist doch noch rüstig. Sie kann halt nicht mehr so rumspringen, wie mit Siebzehn. Sie tut halt ein bisschen langsam. Die Treppe rauf und runter nutzt einem der Stock sowieso nichts.
Nein, nein, sie braucht doch keinen Stock! Na und wenn´s mal überhaupt nicht geht, kann sie ja immer noch den Regenschirm nehmen.

Nicht anstrengen

Lisbeth darf sich nicht anstrengen. Sie ist grade erst nachhause gekommen. Sie hatte eine Operation. Lisbeth muss liegen und warten, bis der Doktor kommt. Aber was ist, wenn der Doktor kommt und die Fenster sind so schmutzig? Sie muss unbedingt gleich die Fenster putzen, noch bevor der Doktor kommt.

Ins Heim

Sie geht doch nicht in ein Heim. Was soll sie denn da, bei
den ganzen alten Leuten? Sie kommt doch zuhause noch gut
zurecht. Sie hat eine schöne Wohnung. Sie hat´s doch gut
zuhause. Sie hat alles, was sie braucht, und wenn was fehlt,
bringt es ihr schon irgendjemand mit. Sie braucht ja nicht
viel. Warum soll sie denn auf die alten Tage auch noch
umziehen?

Aufschub

Nun hat ihr ja der liebe Gott noch mal einen Aufschub gewährt. Hat er es etwa gut gemeint? Man wird sehn. Man weiß ja, dass alles für irgendwas gut ist. Jedenfalls ist jetzt erstmal nix mit Verreisen. Jetzt ist Lisbeth nur noch ein halber Mensch, weil sie nur noch die halbe Körperseite spürt. Da kann man schlecht in ein Flugzeug steigen.

Dass ihr aber auch ausgerechnet so was passieren muss. Es hätte doch auch anders gehen können, ein Schlag, peng und es ist Schluss und man merkt nicht mal was davon. Aber der liebe Gott hat es so nicht gewollt. Er wird sich schon was dabei gedacht haben.

Der richtige Zeitpunkt

Wenn man so alt ist, wär´s eigentlich an der Zeit abzutreten. Man hat ja doch nicht mehr viel vom Leben. Man ist sich selbst und den anderen eine Last.

Wenn es bloß nicht so schwierig wäre, den richtigen Zeitpunkt zu finden, so dass man es auch allen mit der Beerdigung recht macht.

Im Winter, da ist es zu kalt für eine schöne Beerdigung. Im Frühjahr, da hat man doch keine Lust auf eine Beerdigung zu gehen, da hat man wirklich anderes im Sinn. Im Sommer ist es viel zu heiß für eine Beerdigung, und außerdem ist da ständig irgendjemand von der Familie im Urlaub und eventuell sogar der Herr Pfarrer. Und der Herbst, der ist so schon traurig genug, da muss man den anderen nicht noch das Herz schwer machen, indem man stirbt. Nein, es ist wirklich nicht leicht, den richtigen Zeitpunkt zu finden.

Lisbeth will bloß noch sterben

Lisbeth will bloß noch sterben. Sie mag nichts mehr essen. Sie mag auch nicht mehr rausgehen. Sie will bloß noch sterben.

Sie will auch keine großen Blumenbuketts. Sie will alles ganz schlicht. Jeder der zur Beerdigung kommt, soll eine rote Rose mitbringen, sonst nichts. Wenn sie jetzt gleich sterben, würde gäbe das einen ganz schönen Rosenberg. Aber wenn es noch lange dauert, ist ja doch keiner mehr da, der sie kennt. Wer soll denn da noch auf den Friedhof kommen, außer den Kindern und den Enkeln. Und die wohnen ja alle auch soweit weg, dass man ihnen das gar nicht zumuten kann.

Ein bisschen Efeu oben aufs Grab und ein schmiedeeisernes Kreuz, sonst braucht sie nichts, dann hat niemand nachher noch viel Arbeit mit ihr.

Die Psalmen und Choräle hat Lisbeth schon ausgesucht – wenn bloß der Pfarrer nicht solang daherredet von Sachen, von denen er nichts weiß.

Lisbeth will bloß noch sterben. Sie will endlich für immer ihre Ruhe haben.

Lisbeth macht sich Gedanken

Sie will ja bloß, dass alles gerichtet ist, für den Fall, dass sie mal nicht mehr sein sollte. Wer soll denn dafür sorgen, dass auch alles richtig klappt?

Man will ja nicht, dass es ein riesiges Durcheinander gibt. Man hat sich ja schließlich lange genug Gedanken darüber gemacht. Man hat ja auch so seine Vorstellungen, wie man die Beerdigung gerne hätte. Was sollen denn auch die Leute denken, wenn es ausgerechnet bei ihr dann noch einen Kuddelmuddel gibt. Bloß weil sie nicht mehr da ist und nicht mehr dafür sorgen kann, dass alles seine Ordnung hat.

Es ist außerdem leichter, wenn man weiß, wie das Ganze mal so ablaufen wird.

Traurig ist, dass die Maria nicht Klavier spielen kann, weil sie ja schon gestorben ist.

Jemand muss unbedingt die Liedblätter für die Gemeinde vorbereiten, weil das Lied „Ich bin durch die Welt gegangen" nicht im Gesangbuch steht.

Es muss unbedingt jemand auf die Bank gehen und Geld holen, sie hat ja gar keins hier. Man muss der Sängerin doch ein Trinkgeld geben, die bei der Beerdigung so schön gesungen hat und den Männern, die den Sarg getragen haben, denen gehört auch ein schönes Trinkgeld.

Singen

Lisbeth will, dass bei ihrer Beerdigung gesungen wird, richtig schön und laut! „Und wenn Ihr nicht richtig schön und laut singt", erklärt sie, „das sag ich Euch, da könnt Ihr was erleben. Da setz ich mich im Sarg noch mal auf, damit Ihr's nur wisst! Es soll gesungen werden und nicht geweint!"

Wo ist bloß der Herrgott?

Was hat sie bloß getan, dass sie so was erleben muss. Hat sie denn nicht immer versucht, dem Herrgott zu gefallen? Sie hat's doch ein Leblang nicht leicht gehabt. Warum kann denn da der Herrgott nicht wenigstens jetzt mit ihr gnädig sein? Wo ist bloß der Herrgott, wenn man ihn ruft? Wo ist bloß das Gottvertrauen, wenn die Schmerzen kommen und die Nächte so lang sind?

Sie hätte so gerne auf dem Friedhof den Platz neben ihrer Freundin gehabt, aber wenn es noch lange dauert, ist der Platz vergeben und sie liegt dann ganz allein, neben Leuten, die sie gar nicht kennt.

Der Herr Pfarrer

Wenn auch der liebe Gott verschwunden ist, wenigstens der Herr Pfarrer hat sie nicht vergessen. Vielleicht weiß der ja, wie man den Herrgott wiederfindet.

Gebetet hat sie doch immerzu. Manchmal hat sie aufgegeben, es hat sie ja doch keiner gehört. Man legt ja auch den Telefonhörer auf, wenn am anderen Ende keiner antwortet.

Aber der Herr Pfarrer weiß ja sicher nicht, wie das ist. Er war ja noch nie in einer solchen Situation. Er hat was von der Stille gesagt, aber weiß er denn, dass die Stille vollgefüllt ist mit Angst? Schade, dass der Herr Pfarrer schon wieder fort muss. Sie hätte noch eine Menge Fragen, die der Herr Pfarrer mal beim lieben Gott vorbringen könnte, weil er doch die besseren Verbindungen zu ihm hat.

Hoffentlich hat sie den Herrn Pfarrer nicht überanstrengt. Wieder mal hat sie vergessen, in Betracht zu ziehen, dass so ein Herr Pfarrer ja auch nur ein Mensch ist.

Die Zeit

Das Schlimmste ist, dass die Zeit nicht vergeht. Da liegt man, kann nicht lesen, hat keinen, der mit einem redet, da liegt man, man hört und sieht nichts, man wartet und wartet.
Da ist der Tag so lang und die Nacht noch viel länger.
Da liegt man und wartet und wartet, wartet dass die Zeit vergeht.

Bewegen

Sie will sich doch nur mal bewegen. Sie möchte sich mal auf die andere Seite drehen. Sie will doch nur mal einen Schluck trinken. Ach, sie würde so gerne mal eine Minute auf der Bettkante sitzen und die Beine baumeln lassen. Sie will ja niemanden belästigen, aber am liebsten wäre ihr, wenn irgendwer käme und sie jetzt mal mit dem Rollstuhl unten an den Fluss rollen würde. Und am allerliebsten wär's ihr, wenn irgendwer sie mitsamt dem Rollstuhl in den Fluss kippen würde.

Wenn Lisbeth doch nur einschlafen könnte

Wenn Lisbeth doch nur einschlafen könnte.
Da liegt sie nun schon so viele Jahre im Bett, kann die Arme und die Beine nicht mehr bewegen, kann nichts mehr lesen, und hören tut sie auch fast nichts mehr. Aber die Gedanken, die kommen nicht zur Ruhe. Die kreisen ihr im Kopf, kreisen Tag und Nacht und sie kann einfach nicht schlafen. Immerzu muss sie an alle Leute denken, die sie kennt. Sie fragt sich, was sie machen, ob sie noch leben oder ob sie auf dem Friedhof liegen. Wenn man nichts mehr sieht, weiß man ja auch nicht, in welcher Zeit man lebt. Ist es nun Montag oder Sonntag, ist es nun 1930, 1950 oder ist es 2006? Lisbeth wartet immer darauf, dass Leute sie besuchen, dann kann sie die fragen und kann ein bisschen erzählen, was in ihrem Kopf so vorgeht und die Leute können sagen „Ei, Lisbeth, der ist doch schon lange tot - oder - nein, nein, die ist nicht beerdigt worden, die lebt doch noch." Das kann sich keiner vorstellen, wie das ist, wenn die Gedanken dauernd hin und hergehen und am Ende weiß man gar nicht mehr, was wirklich ist, oder was man sich eben nur gedacht hat.
Lisbeth hat ja auch fast keine Freundinnen mehr, die sie mal besuchen würden, die sind ja auch schon fast alle auf dem Friedhof oder selbst in einem Pflegeheim. Lisbeth muss aber trotzdem immerzu an alle denken, damit sie die Freundinnen nicht vergisst und damit sie nicht vergessen werden. Und sie muss an so viele denken, das sind ja auch wirklich viele, die man kennt aus so einem langen Leben. Da wundert sie sich manchmal schon, dass so selten Besuch kommt.

Niemand kommt

Man will ja nicht böse sein, weil niemand kommt, obwohl man schon dreimal geklingelt hat. Man will ja nicht böse sein, wenn die Schwester wieder mal die Schlaftropfen vergisst. Man will ja nicht böse sein, wenn man den ganzen Tag so daliegen muss und es kommt kein Besuch.

Man will ja nicht böse sein, wenn die Schwester am Abend vergessen hat, einem aus dem Rollstuhl ins Bett zu heben. Man will ja nicht böse sein, wenn es dunkler und dunkler wird und man sitzt immer noch im Rollstuhl und man kann die Notfallklingel nicht erreichen.

Für die Schwester hat man ja Verständnis, aber nicht für den lieben Gott.

Pfui Welt

Die ganze Nacht muss Lisbeth alleine liegen und keiner guckt mal nach ihr. Wenn sie Streichhölzer hätte, dann würde sie einfach mal das Bett anzünden, dann käme wenigstens die Feuerwehr, da wäre sie nicht mehr so allein mit ihren Gedanken. Manchmal kommen in der Nacht kleine Engelchen, die tanzen dann auf der Bettdecke und in der Stube herum und Lisbeth redet mit ihnen und bietet ihnen Süßigkeiten an.

Aber einschlafen kann sie dann trotzdem wieder nicht. Ach, wenn's doch nur vorbei wäre, Schluss damit. „Pfui Welt", hatte ihre Freundin, das Mienchen immer gesagt, die nun auch schon wieder ein paar Jahre unter der Erde ist.

Und sie lebt immer noch weiter und kommt nicht mal auf dem Friedhof neben ihrer Freundin zu liegen. Aber was will sie machen, sie muss aushalten, muss die Last auf sich nehmen, die ihr der Herrgott aufgeladen hat, auch wenn sie nicht weiß, warum. Was hat sie nur Schlimmes getan, dass sie nun solange schon hier liegen muss und immer mit den Gedanken, die sie nicht in Ruhe lassen, die sie einfach nicht einschlafen lassen.

Engel

Von Engeln versteht Lisbeth eigentlich nicht so viel, aber bei der Frau Schmidt, da waren zwei. Die haben sie spät in der Nacht besucht. Erst hat die Frau Schmidt gedacht, es wäre ihr Sohn mit seiner Frau, die noch mal nach ihr schauen wollten. Aber die waren's nicht, die wohnen schließlich auch in Kanada. Es waren einfach zwei Leute aus Licht. Die sind durch die geschlossene Tür gekommen und wollten die Frau Schmidt mitnehmen, dabei kann sie ja gar nicht laufen, so lange liegt sie schon im Bett. Es war alles ganz seltsam, selbst die Wellensittiche, die ja um diese Zeit schlafen, sind ganz aufgeregt im Käfig herumgeflattert. Die Frau Schmidt hat sich ja erst doch ein wenig erschreckt. Aber dann war sie ganz ruhig und hat den beiden gesagt, dass sie zum Mitgehen noch nicht bereit ist. Danach sind die Engel wieder verschwunden. Die Frau Schmidt ist dann vierzehn Tage danach gestorben. So was in der Art hat Lisbeth schon ab und an mal gehört. Bei der Frau Nader war's so, dass nur Einer gekommen war und mit ihr ging's dann vier Wochen später zu Ende. Das ist aber auch alles, was Lisbeth gehört hat über Besuche von Engeln.

Der Sinn des Lebens

Lisbeth sagt: „Der Sinn des Lebens ist, dass man die Toten nicht vergessen soll. Man soll an sie denken und dann sind sie nicht tot. Und, dass man anderen helfen soll, wenn sie Hilfe brauchen. Vor allem darf man sich nicht kleinkriegen lassen, durch Nichts und Niemanden. Auch nicht, wenn's weh tut!"

Anmerkungen

Das Leben der Frauen in der Kriegs- und Nachkriegszeit war geprägt durch spezielle Anforderungen und gesellschaftliche Traditionen. In den Geschichten von Lisbeth spiegeln sich die Strukturen des Lebens auf dem Land wider, die den Status und das Selbstbild der Frau beeinflussten.

Lisbeth, eine alleinerziehende, berufstätige Kriegerwitwe, war auf dem Weg zur Emanzipation, auch wenn man zu dieser Zeit noch immer sagte, „sie steht ihren Mann". Die Frauen hatten gelernt, sich „durchzukämpfen", und wenn es ganz dicke kam, dann hieß es: „Augen zu und durch". Meist ging es darum, „die Zähne zusammenzubeißen". Selbstbewusste Frauen sagten: „Ich gelte meinen Groschen doch!" oder: „Ich beuge mich vor niemandem, außer vor dem lieben Gott".

Strenge gesellschaftliche Kontrolle und Verhaltensvorschriften dienten der Aufrechterhaltung der Idealvorstellungen von Rechtschaffenheit und Moral. Die Furcht vor anarchischem Verhalten, vor Exzessen, sittlichen Verwerflichkeiten, vor der Störung der mühsam aufgebauten bürgerlichen Familienidylle war groß. Rechtschaffenheit, Ehrlichkeit, Treue zum Staat und der Familie waren tragende Grundlagen für den Wiederaufbau eines völlig zerstörten Landes. Man brauchte zuverlässig Arbeitende und Konsumierende als Garant für Stabilität, Wirtschaftswachstum und sozialen Frieden, nach den langen Jahren der Naziherrschaft und des grauenhaften Leides, das der 2. Weltkrieg gebracht hatte.

Mit dem Gelingen des Wiederaufbaus und des „Wirtschaftswunders" in den 50er und 60er Jahren begann sich das Selbstbild der Frauen nach und nach tiefgreifend zu wandeln. Tradierte Rollenbilder, soziale und religiöse Normen und

Rituale einer Dorfgemeinschaft wurden hinterfragt, von Fall zu Fall überschritten oder etwas erweitert. Der gesellschaftliche Druck, der die Frauen prägte, führte jedoch immer wieder dazu, dass eine Frau jede der „Freiheiten", die sie sich nehmen wollte, zunächst eingehend prüfte, im Hinblick darauf, wie weit das wohl von der Dorfgemeinschaft akzeptiert werden würde.

Frauen wie Lisbeth konnten ein weitgehend selbstständiges Leben führen. Es war dabei doch immer die Not im Hinterkopf. Frauen wurden (und werden noch heute) schlechter bezahlt als Männer. Das Geld reichte meist gerade nur für das Lebensnotwenige, besondere Wünsche konnten sich diese Frauen nicht erfüllen. Nur selten wurde es Frauen ermöglicht zu studieren.

Großen Respekt hatte man vor Eltern, Großeltern und den regionalen Autoritäten: dem Herrn Doktor, dem Herrn Bürgermeister, dem Herrn Pfarrer usw. und generell vor Akademikern.

In solch einem Ort existierten viele tragende stabilisierende Gruppen, denen Frauen sich anschließen konnten. Das waren z.B. die evangelische Frauenhilfe, die Landfrauen, Vereine (Gesangvereine, Turnvereine, Naturfreunde etc.). Dort herrschte meist ein frohes Miteinander, das stets mit gesellschaftlicher Beobachtung und Korrektur verbunden war. Die Zugehörigkeit zu bestimmten „Kreisen" war verknüpft mit der inneren Verpflichtung, sich als Trägerin einer moralischen Haltung zu fühlen und das spezielle Gedankengut und die üblichen Rituale zu pflegen und weiterzugeben. Ein Verhaltenskodex regelte den organisatorischen Ablauf der Geburtstage, Hochzeiten, Kindstaufen, Konfirmationen, Kommunionen, Beerdigungen, die Gestaltung von Sonn- und Feiertagen, von Gottesdiensten, Freizeitaktivitäten, Vereinsfesten oder Karneval. Eine Evangelische sollte auf keinen Fall einen Katholischen heiraten, ein Kommunist sollte keinen privaten Kontakt mit Konservativen haben und umgekehrt. Geschlechtsverkehr vor der Ehe war verpönt. Ehepaare sollten „bis der Tod sie scheide" zusammen bleiben. Geschiedene Frauen hatten einen Makel, ebenso wie kinderlose Frauen. Kriegerwitwen sollten sich, im Andenken an den gefallenen Mann, nicht mit einem anderen Mann zusammentun.

Ein Kleidungskodex gab vor, dass jüngere Frauen andere Kleidung zu tragen hätten, als ältere. Ältere Frauen sollten nicht zu bunt gekleidet sein und auch keine sehr kurzen Röcke tragen. Frauen, die Hosen trugen, wurden schief angesehen.

Anerkennung kriegte die gute Staatsbürgerin. Sie war ordentlich, nett, adrett, sauber, gehorsam, fleißig, fromm, ehrlich, sparsam, verantwortungsvoll, hilfsbereit, friedliebend, treu etc. Das Sich-Sorgen um das Wohl der Mitmenschen und die Rücksichtnahme waren Grundhaltungen, die selbstverständlich waren. Lisbeth sorgte sich noch, obwohl es ihr schlecht ging, mehr um das Wohl der Pflegekräfte oder des Pfarrers als ums eigene Befinden. Wichtig war es auch, dass man vorsorgte, um möglichst niemandem zur Last zu fallen.

Frauen kümmerten sich in erster Linie um die Kinder, den Ehegatten, die alten Eltern, die Nachbarn, die Hilfe brauchten. Sie schufteten in Haus und Garten und übernahmen selbstverständlich den Hauptteil der Kinderbetreuung und Erziehung. Sie hielten das Haushaltsgeld zusammen, das der Mann ihnen zuteilte. Wenn sie alleinerziehend waren, schafften sie es, mit dem geringen Einkommen den Anschein zu wahren, dass immer genug da war.

Die Selbstachtung und die Wertschätzung der Würde der Mitmenschen, gepaart mit der Fähigkeit zu liebevollem und verantwortlichem Handeln, schien ihnen die Kraft zu unverbrüchlicher Zuversicht und zum Durchhalten zu geben.

Lisbeth und ihre Zeitgenossinnen lebten integriert in den tradierten Lebensstrukturen ihres Dorfes, denn sie schätzten den Wert der Zugehörigkeit zur Gemeinschaft hoch ein.

Aus diesem Hintergrund der Geschichten erschließt sich, weshalb sich Lisbeth Gedanken um Phänomene machte, um die sich eine Frau im Jahr 2020 nicht mehr unbedingt kümmern würde oder müsste. Auch zeigt sich, welche Bedeutung die kleinen Widerständigkeiten hatten und weshalb eine Frau, wie Lisbeth, dabei um die richtigen Entscheidungen regelrecht ringen musste.

Brigitte Bee

Nachwort

Diese Sammlung kleiner Geschichten entstand zwischen 1990 und 2007 aus Notizen, die ich nach Telefongesprächen oder nach Besuchen bei Tante Lisbeth gemacht hatte.

Ich staunte darüber, wie gleichmütig sie sich den Zumutungen des Lebens stellen konnte und wie offen sie Bericht erstattete darüber, was alten Menschen im Alltag widerfahren konnte. Spürbar war stets ihre nahezu unerschütterliche Zuversicht, wenn sie kopfschüttelnd oder schmunzelnd feststellte, wie das ist, wenn man auf immer neue Weise konfrontiert wird mit den Tücken und Mühen des Altwerdens.

„Wichtig ist", kommentierte sie, „dass wir unsere Eigenständigkeit und die Lebensfreude bewahren und uns nicht unterkriegen lassen."

Wie viele Frauen ihrer Generation war Lisbeth eine Kriegerwitwe. Der Existenzkampf und das Nichtaufgeben hatten ihr Leben geprägt. Sie hatte erkannt, dass es wichtig war, sich auf Veränderungen einzulassen. Das half ihr auch in ihren späten Lebensjahren. Mit Interesse an Neuem und immer wieder einem Quäntchen Humor fand sie ihre eigene Weise, sich den Gegebenheiten anzupassen oder mit kühner Phantasie durchaus die enger werdenden Grenzen zu überwinden. Wenn sie sich schlecht oder ungerecht behandelt fühlte, konnte sie sich zuweilen empören und konsequent Widerstand leisten.

Wichtig waren ihr die Festtage, die ihr Gelegenheiten boten, mit der Familie und Freundinnen zusammen zu sein, zu lachen, zu erzählen und sich mit- und aneinander zu freuen. Geweint hatte man ihrer Meinung nach genug in so einem Leben. Lisbeth hielt sich an das chinesische Sprichwort: „Wenn du einen grünen Zweig im Herzen trägst, wird sich ein singender Vogel darauf niederlassen."

Brigitte Bee

Inhalt

Brigitte Bee

geb. 1953 in Langenselbold. Ab 1972 wohnte sie in Frankfurt am Main und war dort tätig als Lehrerin, Diplompädagogin, freie Autorin und Dozentin für kreatives Schreiben. Seit 2012 lebt sie in Bad Orb. Seit 1980 veröffentlicht sie Lyrik und Prosa in Zeitschriften und Anthologien in Deutschland, Österreich und der Schweiz. Ihre Werke erscheinen in Büchern, Hörfunk, Videos, Poesie-Performances und Musiktheater.

Buchauswahl:

„Wirbelndes Sprechwerk – Wörtersonnen" Araki–Verlag 2013
„Der Kurpark Bad Orb – ein Loblied" mit Hilde Heyduck-Huth, Cocon-Verlag 2016
„Von Querköpfen und Taugenichtsen", Hg. Kunstraum Liebusch 2020

Weitere Informationen: www.kunstraum-liebusch.de